AB HOC ET AB HAC

PAR

CASIMIR BLONDEAU

RÉDACTEUR DE LA TRIBUNE LYRIQUE, MEMBRE CORRESPONDANT
ET LAURÉAT DE LA SOCIÉTÉ
D'AGRICULTURE, SCIENCES ET ARTS DE POLIGNY.

1862

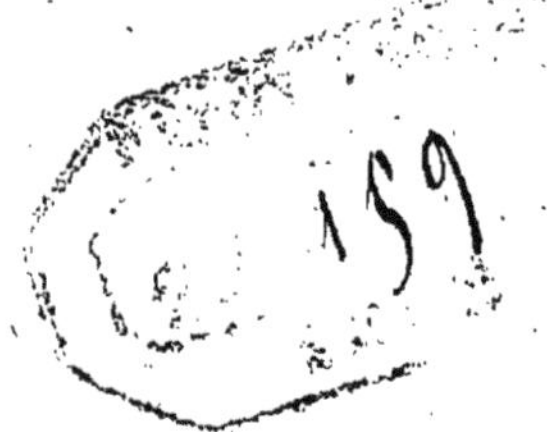

POLIGNY

IMPRIMERIE DE G. MARESCHAL

1862

AB HOC ET AB HAC

AB HOC ET AB HAC

PAR

CASIMIR BLONDEAU

RÉDACTEUR DE LA TRIBUNE LYRIQUE, MEMBRE CORRESPONDANT
ET LAURÉAT DE LA SOCIÉTÉ
D'AGRICULTURE, SCIENCES ET ARTS DE POLIGNY.

1862

POLIGNY

IMPRIMERIE DE G. MARESCHAL

1862

A C. G.

Tu me demandes, vieil ami, si l'inspiration vient souvent
me visiter, si je rime facilement, et si la douce et belle
poésie m'obéit dès que je l'invoque? — Cela dépend d'une
foule de choses..... Quand il vente, pleut ou neige, et que
la campagne est déserte, quand notre vieux Montrivel coiffe
sa tête chenue d'un brouillard nauséabond, épais, on dirait
qu'un lourd et froid bonnet m'étreint le cerveau et me
rend stupide. J'ai beau me frapper le front, aller, venir
comme une âme en peine, et me ronger les doigts, rien ne
vient. — La muse reste muette. — Mais si le ciel est pur,
si les oiseaux gazouillent par les buissons, si, le matin, les
fleurs sont fraîches épanouïes, ou que quelques faits nou-
veaux viennent frapper mon imagination, alors mon esprit
s'envole vers des mondes inconnus et brise les entraves
qui le retenaient captif, et je chante la liberté, le travail,
les fleurs.

J'ai réuni sous ce titre : *ab hoc et ab hac*, quelques-uns de ces chants, et je viens aujourd'hui te les dédier. C'est un souvenir de notre vieille amitié. Daigne leur faire bon accueil.

Ton ami,

Blondeau.

Champagnole, 1862.

III

Lyon, 5o août 186o.

Mon cher M. Blondeau,

Vous m'avez inspiré trop d'estime pour ne pas conserver votre souvenir. Le botaniste qui parcourt la montagne et découvre à la fin une plante bien désirée, depuis longtemps explorée, le géologue ou le naturaliste qui découvrent, après de longues excursions, un minerai ou un coquillage inédit, oublient à l'instant leurs fatigues et éprouvent une jouissance intérieure que ne saurait comprendre le profane vulgaire. Telle a été ma satisfaction à la lecture de vos quelques poésies fugitives. La Vouivre, entr'autres, m'a fait un bien grand plaisir : c'est un tableau de Thénier, hardi, vigoureux, fortement caractérisé ; l'idée est admirablement rendue ; l'imagination ne languit pas. — J'ai lu *aux Bornes, Agricol et Raoul*, à *J. Gresset,* j'ai lu *le Tisserand,* et j'ai acquis la mesure de votre bonne et douce philosophie, — du patriotisme épuré et de la haute morale de l'Evangile, — cette belle morale qui ne fait pas des maîtres et des esclaves, — mais des frères.

IV

Il y a trop peu d'hommes pour apprécier les chants du poète sacré, du barde inspiré par le souffle divin, la douce, l'harmonieuse loi de la nature.

Ces réflexions m'ont dicté la bluette suivante, qui n'est pas le moins du monde une prétention à la poésie, mais qui a pour but de converser avec vous, cher Blondeau, dans votre langue maternelle.

> Poète aimé du ciel, oublié sur la terre,
> Lève la tête et sois heureux.
> Enfant de la nature, ami du prolétaire,
> Ton cœur est pur, ton élan généreux.
> Un trésor, un château, vus de près, c'est chimère;
> J'aime mieux la lyre d'Homère,
> J'aime mieux Reboul et Blondeau.
> Sans un bon cœur, l'esprit ou le génie,
> Surtout celui de l'harmonie,
> Ami, n'est qu'un brillant flambeau.

Docteur REUDET.

AB HOC ET AB HAC

Paris.

Oh! que le bruit humain a troublé mes esprits !
Quel ouragan de l'âme il souffle dans Paris !

LAMARTINE.

Cité des lumières,
Des arts, du progrès,
Des joies éphémères,
Des grandes misères,
Adieu pour jamais.

Oui, je veux, ô reine
Des folles amours
Que rien ne refrène,
Fuir, léger phalène,
Tes flammes toujours.

Partons, je préfère
Au bruyant Paris,
L'humble coin de terre
Que mon brave père
Cultivait jadis.

Vers ma vieille mère,
Sur les bords de l'Ain
Qui m'ont vu naguère
Si joyeux trouvère,
Je serai demain.

La paix, le silence
Règnent en ces lieux.
Là, sans arrogance,
Sans fausse apparence,
On sait être heureux !

Dans la solitude
De nos bois épais,
J'appris sans étude,
Sans inquiétude,
Les chants que j'aimais.

Là, je pourrai dire :
Paris, ta splendeur
N'a pu me séduire,
N'a fait que m'instruire ;
Je reviens meilleur.

1861.

L'Ile des Peupliers.

Là, sous ces peupliers, dans cet îlot tranquille,
Où l'on n'entend jamais que le chant des oiseaux
    Se mariant au bruit des flots,
Longtemps a reposé le sage auteur d'Emile.

Respectez sa mémoire, ô vous qui n'aimez rien !
Vous, ministres d'un Dieu qu'adore le chrétien,
Imitez de Rousseau, la bonté, la sagesse,
    La sincère amitié.

Vous, riches orgueilleux, vous, hommes sans pitié,
Imitez son grand cœur et sa noble simplesse !
Mais vous qui vénérez cet éloquent rêveur,
Et qui ne craignez pas de lire ses ouvrages,
    Venez sous ces ombrages
Déposer, en passant, une larme, une fleur !

    Venez toutes, ô jeunes mères !
    Venez aussi, jeunes époux !
Et là, dites pour lui quelques saintes prières !....
En créant son Émile, il travaillait pour vous.

1861.

Boutade.

JOB.

Faites les beaux, Messieurs! — Mesdames, fardez-vous!
De vos chars blasonnés, insultez la roture! —

MILLION.

Allons, gueux, à genoux! —
Incline-toi devant ma divine nature! —

JOB.

Passez, n'insultez pas l'âne jusqu'au licou.....
Beautés sans cœurs, plats gandins bons à pendre,
Quand votre âme orgueilleuse ira je ne sais où,
Ce corps tant adulé que la terre va prendre,
Après de courts instants, dites, que sera-t-il?

Las! un squelette hideux, poudré d'un peu de cendre! —

Ainsi soit-il! —

1861.

A mes amis de la classe de 1833.

27me ANNIVERSAIRE.

Air : *Je veux un jour avoir une chaumière.*

Dans ce banquet, amis, tout me rappelle
Nos chants joyeux et nos beaux jours passés.
Auprès de vous, mon cœur se renouvelle ;   *(bis)*.
Ce que je sens, ne puis le dire assez.

Ah ! qu'aujourd'hui la fête serait belle,
Si nous étions tous là comme autrefois :
Mais vains regrets !— dix, qu'en vain l'on appelle, *(bis)*.
Las ! restent sourds à d'amicales voix.

Ils ne sont plus, nos bruyants jours de fête,
Et chez plus d'un, les cheveux ont blanchi.
Nous n'avons plus notre mère Tiennette,   *(bis)*.
Dont j'aimais tant les odorants salmis.

Par le grand tout jeté sur cette terre,
Nous végétons, vivant cahin, caha.
Heur et malheur, et souffrance et misère,   *(bis)*.
Mes bons amis, tout s'use, tout s'en va !

A vos santés ! — Corbleu ! vidons nos verres,
Et prions tous notre doyen Regard,
De nous chanter, comme il faisait naguère,   *(bis)*.
Quelques couplets au refrain égrillard.

1860.

Le jeune malade.

Quand les cloches du soir, dans leur lente volée,
Feront descendre l'heure au fond de la vallée,
Quand tu n'auras d'amis, ni d'amour près de toi,
Pense à moi, pense à moi !

Mme Desbordes-Valmore.

A peine, hélas ! si j'ai connu la vie ! —
J'ai quinze ans, — et je meurs !
Oh ! viens, — approche-toi, bonne mère chérie,
Te sentir là, bien près, — apaise mes douleurs....

Oh ! te quitter, — quand je devrais encore
Vivre pour toi dans un long avenir..... -
Mais Dieu le veut, — il faut mourir !
J'ai vu mon dernier soir et ma dernière aurore !

Ouvre, mon frère, — ouvre un peu ma fenêtre, —
Que je puisse revoir nos côteaux — et — nos bois.—
Salut, ô Montrivel, — salut — site champêtre,
    Salut, — pour la dernière fois ! —

Là-haut, vers Dieu, — ma bonne mère, —
    Dans cet autre séjour, —
Près de ma sœur, objet de notre amour, —
    Mon père, — toi, mon jeune frère, —
    Nous pourrons nous revoir un jour ! —

    Je meurs ! — Adieu ! — J'espère ! —

                18..

A l'illustrissime Henri,

ARCHITECTE-VOYER DE LA VILLE DE CHAMPAGNOLE.

C'est une épître encor comme la précédente,
Plus modeste, je crois, plus sage, plus décente.
Je le prends sur un ton moins superbe, moins haut,
Convaincu que l'*orgueil* est un vilain défaut.
Aveugle que j'étais, — dans ma course inégale,
Je m'étais égaré dans un affreux dédale.
Dévergondée, altière, une muse sans frein,
En voulant se hâter, se perdait en chemin.
« Tel un coursier fougueux, tout couvert de poussière,
« S'élance dans l'arène et franchit la barrière. »

Mais je croyais, Henri, par cet *amas confus*
De mots sonores, creux, de bon sens dépourvus,
De grands vers entassés sans cadence, sans ordre,
Engager la querelle, — et *tu n'as voulu mordre.*—

3

Plus mesuré, plus calme, à la règle soumis,
Je prétends réparer mon honneur compromis.
Aujourd'hui, mon esprit, devenu plus timide,
A besoin d'un *flambeau qui l'éclaire, le guide.*
Oui, c'est de toi, très-cher, que j'attends du *secours :*
C'est à toi, désormais, que ma muse a *recours.*
Signale mes écarts, critique avec franchise :
L'homme *juste, éclairé,* jamais ne se déguise.
Tu sauras m'indiquer, censeur *judicieux,*
Les vers lourds et rampants et les tours vicieux.—
Mais enfin, diras-tu, d'où te vient ce délire ?
Quel démon, aujourd'hui, te possède et t'inspire ?
Veux-tu, par tes chansons, pour le dire en un mot,
Apprendre à l'univers que tu n'es rien qu'un sot ?
Redoute des savants la critique, la glose :
Évite ce danger où ton penchant t'expose.

Mais les savants, Henri, ne liront pas ces vers.
Je connais tant de sots dans ce vaste univers....
Quel que soit, parmi tous, l'humble rang que j'occupe,
De leurs propos *hargneux,* je ne serai point dupe.

Va, si j'aime à chanter, c'est par délassement :
C'est un jeu de l'esprit, un simple amusement,
Où quelquefois par goût mon âme se délasse.
Je n'ai pas, je le sais, l'élégance, la grâce.....

O toi, qui fut toujours un maître en ce bel art,
Divulgue mes travers, daigne m'en faire part.

« Loin de moi ce flatteur qui me loue et m'excuse : »
Oui, je veux qu'on *m'éclaire* et non pas qu'on *m'abuse*.

Henri, toi *qui sais tout, sans avoir rien appris,*
Je t'écoute et suivrai tes *merveilleux avis*. —

Eh ! quoi, tu ne dis mot ? — Ce mutisme m'offense.—

Va, si j'ai bien jugé, *je comprends ton silence*. —

18..

A mes amis F.... A..... T....

Sur tes rives, fougueuse Drance,
 J'aimais à rêver le soir
De mes parents, de cette belle France,
 Que je pourrai bientôt revoir.

J'aimais à visiter, dans mes courses nombreuses,
Tes grands rochers à pics, tes montagnes neigeuses
 Et ton lit si profond.
J'aimais à m'arrêter aussi dans les chaumines
Que menacent toujours les vieux châteaux en ruines,
 De l'Aigle, de Vougron.

Mais il faut te quitter, vieux moulin de Bioge
 Perdu dans le Chablais.—
 Là, je vivais en paix,
Oubliant mes ennuis qu'une missive abroge. —

— « Chagrins, douleur, tout s'est évanoui ! —
« Oh ! cette lettre est un puissant dictame ! —
« En la lisant mon cœur s'épanouit !
« Bonheur et joie ont reconquis mon âme ! —

Adieu, cher Frédéric, — à vous, Antoine, aussi !
De vos bienfaits, merci !
Famille Thevenin, adieu ! — Vers Champagnole,
Pays de nos aïeux, où mon âme s'envole,
Oui, je serai demain ! —

Adieu ! merci : — c'est mon refrain.

Bioge, février 1852.

Couplets pour la fête des Pompiers.

Air : *Qu'il va lentement le navire.*

Amis, un instant de silence,
Je veux aussi dire un couplet.
Pardon, si mon peu d'éloquence
Est bien au-dessous du sujet.
    Mais vous distraire,
    Sans trop déplaire :
Voilà le but où tendent tous mes vœux.
    Bacchus m'inspire,
    Et sur ma lyre,
J'aime à chanter le vin, l'amour, les jeux.
A table, au feu, que rien n'arrête
Nos efforts, nos refrains chéris.
Partout, toujours, soyons unis
    Comme en ce jour de fête.   *(bis).*

Joyeux pompiers que rien n'étonne,
Chantons et prenons nos ébats.
Buvons, morbleu! Bacchus l'ordonne,
Vidons et les verres et les plats.
    Pas de tristesse :
    Chants d'allégresse,
Egayez-nous au moment du dessert.
    Arbois, Lafitte,
    Ah! coulez vite,
Votre fumet rend l'homme mieux disert.
    A table, au feu, que rien n'arrête
    Nos efforts, nos refrains chéris.
    Partout, toujours soyons unis
      Comme en ce jour de fête.   *(bis)*.

Si quelque jour un incendie
Venait menacer la cité,
Nous saurons, malgré sa furie,
Vaincre l'élément redouté.
    Beaux de courage,
    Bravant sa rage
On nous verra partout, hardis pompiers.
    Et, je l'espère,
    Nous saurons faire
Tout ce qu'ont fait nos braves devanciers.
    A table, au feu, que rien n'arrête
    Nos efforts, nos refrains chéris.
    Partout, toujours, soyons unis
      Comme en ce jour de fête.   *(bis)*.

Buvons à notre capitaine,
Buvons à nos deux lieutenants,
Et répétons, à perdre haleine :
Vivent le vin et nos sergents.
Dive bouteille,
Claire et vermeille,
Coule pour tous en ce joyeux festin.
Bon vin que j'aime
Jusqu'à l'extrême,
Mets-nous en train, tous en train, bien en train.
A table, au feu, que rien n'arrête
Nos efforts, nos refrains chéris.
Partout, toujours, soyons unis
Comme en ce jour de fête.   *(bis)*.

A M. Reudet, doct' à Lyon.

Le cap Zapherana confine à une plage déserte; sur cette plage, des sbires apportent des sacs; dans ces sacs il y a des hommes; on plonge le sac sous l'eau et on l'y maintient jusqu'à ce qu'il ne remue plus; alors on retire le sac et l'on dit à l'être qui est dedans: « avoue. » S'il refuse on le replonge. Giovani Vienna, de Messine, a expiré de cette façon. A Montréal, un vieillard et sa fille étaient soupçonnés de patriotisme; le vieillard est mort sous le fouet; sa fille, qui était une femme grosse, a été mise nue et est morte sous le fouet. Messieurs, il y a un jeune homme de vingt ans qui fait ces choses là : ce jeune homme s'appelle François II. Cela se passe au pays de Tibère.   Victor Hugo.

Sur les rives de l'Ain, parfois si je m'arrête,
Ou si je vais cherchant un peu d'ombre discrète,
Oh! ne m'accusez pas de molle oisiveté.
Ce flot qui va roulant avec rapidité
Est la page où je lis les destins de la France :
La première, toujours, par son intelligence,

4

Par son ardent amour de sainte liberté,
Elle veut, elle peut par son calme énergique
Affranchir le vieux monde et combler bien des vœux...
Oui, de quatre-vingt-neuf, l'idée évangélique
Va s'étendre sur tous et faire des heureux.
Espérons. — Attendons, et nous verrons renaître
La révolution qui n'a fait qu'apparaître,
Que menacent en vain quelques ambitieux,
Indignes avortons jetés sur cette boule
Pour le malheur de tous. — Ce flot de factieux,
Nous le verrons bientôt emporté par la foule.

Schmit, Ajossa, Bruno, Welden, Antonelli,
Bomba, François-Joseph, Haynau, Filangieri :
       Voilà des noms infâmes
Qu'on voudrait oublier.— Ah! nous vous maudissons,
Exacteurs éhontés, pourvoyeurs des prisons,
       Lâches fouetteurs de femmes.

Oh! Dieu vous punira, fourbes ambitieux :
Oui, nous aurons bientôt des jours moins odieux.
Ami, le temps approche où de la vieille Europe,
Tous les peuples suivant un même et sûr chemin
Briseront ces licteurs des rois de droit divin ! —

       Sbires, voilà votre horoscope ! —

Le Jura.

AUX TOURISTES.

—

Dédié à M. Adrien MULLER.

Voyageurs qui cherchez des pays pittoresques,
Des rochers, des ravins, des forêts gigantesques,
Qui passez, dédaigneux, par notre beau Jura,
Pour trouver Chamounix, l'Italie et l'Etna,
Arrêtez-vous ici. — Parcourez la montagne
Sans craindre que jamais l'affreux ennui vous gagne.
Je ne vous tente point par de trompeurs appas :
Les surprises naîtront par couple sous vos pas.
Vous trouverez partout de vieux châteaux en ruines,
Des forêts, des torrents et de vastes usines.....

Poligny n'a-t-il pas son château de Grimond;
Salins, ses deux vieux forts, juchés sur chaque mont;
Montrivel, ses débris dominant Champagnole,
D'où l'on voit le Mont-Blanc, ses glaciers et la Dôle?

N'avons-nous pas aussi les riches hauts-fourneaux
Qui fournissent la gueuse aux forges de Clairvaux,
Du Bourg, Pont-du-Navoy, de Syam et Champagnole?—
Bienfaisants ateliers où chacun a son rôle.
Visitez-les, vos pas ne seront point perdus ;
C'est si doux, les plaisirs toujours inattendus ! —
Là, vous verrez suant, activant la fournaise,
Le rude forgeron presque nu, mais à l'aise
Dans son ample *sarrau* : — comme le vieux Vulcain
Il triture le fer d'une robuste main.
Plus loin, dans la montagne, enfin vous trouverez
Saint-Claude, Septmoncel, les Foncine, Morez,
Peuplés de travailleurs intelligents, habiles.
Sur ces monts diaprés, si les champs sont stériles,
L'industrie entretient le bien-être chez tous :
Les femmes, les enfants, du travail sont jaloux.
On fait de tout par là : — des peignes, des lunettes,
L'argenture Ruoltz, les pipes, les navettes,
Les montres et l'émail, les clous et les sifflets,
Le nouveau tournebroche et les *saints* chapelets.
On transforme la corne, et le buis et l'ivoire
En mille objets charmants.

      Messieurs, daignez me croire.—
Marchez, marchez encore, — allez dans tous les lieux.
Voyez les lacs d'Ilay, des Rousses, de Bonlieu,
De la Combe-du-Lac, d'Antre, des Rouges-Truites,
Et celui de Chalain, aux pittoresques sites.

Visitez en passant les grottes de Chambly,
Celles de Saint-Romain et puis de Revigny,
Celle de la Grand-Lave et celle de Balerne.
Allez, n'oubliez pas les restes d'Holiferne,
Les débris de Vaucluse et de Château-Vilain,
Les usines du Saut, près la source de l'Ain,
Les cascades du Bourg, Vulvoz, la Serpentine,
Ni le frais paysage où naît la Valserine. —
Voyez la Tour-du-Meix, Mijoux, son beau vallon,
Longchaumois, où naquit Claude Prost (Lacuson),
« Le chef des partisans de la haute montagne,
Quand nous étions encore les sujets de l'Espagne. »
Le gai vallon de Vaud, les grottes de Loisia,
Les forêts de la Joux, la Fresse, — et cœtera....

Vous trouverez auprès de sombres thébaïdes,
De fraîches oasis et des lointains splendides.

Venez, notre pays est beau les jours d'été.
On y respire un air exempt d'impureté.

Mai 1860.

Voici la Neige.

(MUSIQUE DE E. ARNAUD).

Qu'il se plaigne, celui que l'indigence opprime :
C'est pour lui que l'hiver est âpre et sans pitié.

ROUCHER.

I.

Enfants, voici les jours
Des concerts, des amours,
Des danses énivrantes
Et des scènes navrantes.
Quittez, fiers chatelains,
Vos chasses, vos jardins ;
Partez, voici la neige.   *(bis)*.
Ah ! que Dieu nous protège.   *(bis)*.
Partez, fiers chatelains,
    Voici la neige.

II.

Pour Dieu, n'oubliez pas,
Quand règnent les frimas,
Qui sont vos jours de fête,....
Nos douleurs inquiètes.
Quittez, etc.

III.

Oh ! pour le travailleur
Ardent, plein de vigueur,
Ame noble, d'élite,
C'est la saison maudite !....
Quittez, etc.

IV.

Bien souvent on a faim !
C'est un affreux destin,
Quand on a du courage,
De n'avoir pas d'ouvrage !
Quittez, etc.

V.

Voulez-vous être heureux ?
Du pauvre soucieux
Qui souffre et sait se taire,
Secourez la misère.....
Quittez, etc.

1861.

Couplets pour la fête du 10ᵉ août.

Air : *Chevalier soutien de la France.*

1.

En ce beau jour qui nous rassemble,
Gais musiciens et francs pompiers,
Chantons en chœur, chantons ensemble,
Et buvons comme des templiers.
Vivent le vin et la gaîté.
Buvons, buvons à la fraternité.

2.

Chers amis, ce bon vin m'inspire.
De Bacchus j'aime l'éténdard.
Rien n'est plus beau que son empire,
Rien n'est plus doux que ce nectar.
Vivent le vin et la gaîté.
Buvons, buvons à la fraternité.

3.

A la beauté toujours fidèle
Je veux, en galant troubadour,
Déposer aux pieds d'une belle,
Et ma chanson et mon amour.
Vivent le vin et la gaieté !
Buvons, buvons à la fraternité.

4.

Debout ! — Buvons à notre Maire ! (*)
— (Merci de votre franc accueil). —
Muller, — c'est l'ange tutélaire
De Champagnole, et son orgueil.
A notre Maire, si bon pour tous,
Buvons, buvons, et narguons les jaloux.

18..

(*) Après ce vers, un tonnerre d'applaudissements et de *vive le Maire!* vint interrompre le chanteur.

Sainte-Cécile.

—

A M. GILLIARD.

Choeur.

Chantons en chœur, chantons aujourd'hui,
Et repoussons l'intolérable ennui.
La musique enchante,
Rend l'âme contente.
Chantons en chœur, chantons aujourd'hui;
Le chant nous délasse,
Et l'ennui s'efface;
Chantons en chœur, chantons aujourd'hui,
Et bannissons l'ennui.

1er Couplet.

Prions la madone
Si puissante et bonne,
Pour qu'elle couronne
Nos vœux, nos efforts.
Il faut, prolétaires,
Nous chérir en frères;
Oui, soyons sincères
Et nous serons forts.

Chantons, etc.

2me.

Viens, ô douce femme,
Jeter en mon âme
La plus pure flamme.
Viens, j'espère en toi.
Songe à ma requête ;
Et pour que ta fête
Soit belle, complète,
Viens, inspire-moi.

Chantons, etc.

3me.

J'aime la musique,
Et je fais la nique
A la politique
De nos songes creux.
Foin des imbéciles,
Des langues futiles,
Des railleurs subtiles
Aux airs dédaigneux.

Chantons, etc.

4me.

Mon âme s'éveille
Quand, de ma bouteille,
Le jus de la treille
Coule à petit bruit.

Quand je suis à table,
J'aime un vin potable,
Surtout véritable,
D'Arbois ou de Nuits.
Chantons, etc.

5me.

Oh! veuillez me croire,
Chassons l'humeur noire.
Vive qui sait boire,
Aimer et chanter.
Joyeuses ballades,
Nombreuses rasades,
Voilà, camarades,
Ce qu'il faut aimer.
Chantons, etc.

Champagnole, 1862.

Saint-Laurent.

AUX POMPIERS DE CHAMPAGNOLE.

Air des Girondins.

Ah ! quel beau jour que cette fête.
Francs musiciens, joyeux pompiers,
Manœuvrons gaiement la fourchette
Et buvons comme des templiers.
    Guerre à l'incendie, *(bis).*
Mais vive le bon vin, cette liqueur bénie. *(bis).*

Amis, partagez mon délire :
De Bacchus suivons l'étendard ;
Rien n'est plus doux que son empire,
Rien ne vaut ton jus, ô poulsard.
    Guerre, etc.

A la beauté toujours fidèle,
Le pompier, galant troubadour,
Doit consacrer à la plus belle
Et ses chansons et son amour.
    Guerre, etc.

Debout ! — Buvons à notre Maire,
Ce bienfaiteur de la cité ;
Saluons d'un vivat sincère
Son dévouemeut, sa loyauté.
>> Guerre, etc.

A notre nouveau Capitaine,
Pompiers, buvons tous aujourd'hui !
Et de ces lieux, chassons, morguenne,
Les sots propos, le noir ennui.
>> Guerre à l'incendie, *(bis)*.
Mais vive le bon vin, cette liqueur bénie. *(bis)*.

Champagnole, 1862.

L'Orage.

I.

Quel sinistre présage ? —
L'oiseau, sous le feuillage,
Se dérobe tremblant. — *(bis).*
La foudre gronde, approche, —
Et le ciel en débauche
Est sombre, menaçant.... *(bis).*
Priez, priez, habitants du village,
Le terrible aquilon,
Précurseur de l'orage,
Souffle sur le vallon. *(ter.)*

II.

La rivière, grossie
Par la neige et la pluie,
Abandonne son lit. — *(bis).*
Et les fruits de l'année,
Si beaux dans la vallée,
Sont perdus. — Jour maudit ! *(bis).*
Priez, etc.

III.

Tout périt, tout s'écroule !...
Et cette grande foule
N'a plus d'abri, de pain ! —
Effrayante hécatombe ! —
O malheur ! le jour tombe,
Qu'apprendrons-nous demain ?....

Priez, etc.

IV.

Quel effrayant silence,
Dans la vallée immense,
Succède à ces grands bruits !... *(bis)*.
Où fut notre chaumière,
Je ne vois plus, ma mère,
Plus rien que des débris. *(bis)*.

Priez, priez, habitants du village,
Le terrible aquilon,
Précurseur de l'orage,
Souffle dans le vallon. *(ter.)*

1861.

Le Lot du Poète.

Le grand maître un jour dit aux hommes :
Allez, partagez l'univers.
Les villes, les forêts, les champs et les déserts
Sont à vous, laboureurs, marchands et gentilshommes.

  Tous entendirent cette voix : —
  Les laboureurs prirent la terre ;
  Les barons, fiers chasseurs, les bois ;
  Le paresseux eut..... la misère ;

L'avide trafiquant remplit ses magasins
Des produits variés que donnent les deux mondes ;
L'orgueilleux potentat, dans ses vastes desseins,
Prit les ponts, les canaux et les mines fécondes,

  Et dit : — les impôts sont à moi....
  Aussi, quand le pauvre poète
  Vint, c'était fait.— Mon Dieu, pourquoi
Donc n'ai-je rien ? — dit-il, d'une voix inquiète. —

Eh! pendant le partage, où fuyais-tu, rêveur?
Tu voyageais sans doute au pays des chimères? —
« J'étais là, près de toi, contemplant ta grandeur,
Ebloui, fasciné devant tes saints mystères. »

— Sur la terre j'ai tout donné :
Des champs, des forêts et des villes,
Je n'ai plus rien, poète aimé,
Et tes regrets sont inutiles! —

Que faire alors?...— Auprès de moi,
Viens, cher enfant,— le ciel me reste ;
Viens habiter la cour céleste :
J'y garderai toujours une place pour toi. —

1860.

Je l'aime toujours.

1.

Souvent, par les bois sombres,
L'été je m'en allais;
Et sous ces grandes ombres,
De Lise, je rêvais.
Ami, pour l'infidèle
J'aurais donné la moitié de mes jours;
Mais elle,
Toujours,
Riait de mes discours.

2.

Quand je passais près d'elle,
Oh! j'étais bien heureux!..
Je la voyais si belle
Avec ses blonds cheveux.

Ami, pour l'infidèle
J'aurais donné la moitié de mes jours;
Mais elle,
Toujours,
Riait de mes discours.

3.

Je la croyais aimante,
Sincère en ses amours,
Mais elle est inconstante,
Et..... je l'aime toujours.
Ami, pour l'infidèle
J'aurais donné la moitié de mes jours;
Mais elle,
Toujours,
Riait de mes discours.

1844.

Paramelle.

Air : *La bonne avanture, ô gué.*

I.

Tu ne sais pas, vieil ami,
　　La grande nouvelle ! —
Nous possédons aujourd'hui
　　L'abbé Paramelle. —
Par un prodige nouveau,
Il va nous trouver de l'eau : —
　　L'heureuse nouvelle,
　　　　O gué !
　　L'heureuse nouvelle.

II.

Comme Moïse autrefois
　　Qui, d'un roc aride,
Fit, pour son peuple aux abois,
　　Jaillir l'eau limpide,
Paramelle, en ce temps-ci,
Va nous inonder aussi
　　De ce frais liquide,
　　　　O gué !
　　De ce frais liquide.

III.

De ce grand homme chenu,
La vaste science
Va lui montrer dans *Fenu*
Un trésor immense.—
Suivant le cours du ruisseau,
Il rencontre un filet d'eau.....
La belle science,
O gué !
La belle science !

IV.

Et là, d'un air inspiré,
Montrant cette eau claire,
Il dit : — « Bien considéré,
Ceci doit vous plaire. » —
Fouillez, fouillez au plus tôt :
Là, vous trouverez de l'eau. —
C'est bien notre affaire,
O gué !
C'est bien notre affaire !

V.

Ce gascon mystérieux,
Souvent ridicule,
Rançonne dans tous les lieux
L'homme trop crédule....

— « Voulez-vous avoir de l'eau?
Financez, Monsieur Renaud,
   Sans autre formule,
     O gué!
   Sans autre formule. » —

VI.

Il doit au renom brillant
   Qu'il a su se faire,
D'être choyé par devant,
   Honni par derrière.—
Mais qu'importe au révérend,
S'il emporte votre argent,
   Ce doux vulnéraire,
     O gué!
Ce doux vulnéraire.

18...

Frappons avec gaieté.

Air à faire.

A ma femme chérie
Consacrer mon labeur,
Voilà toute ma vie,
Voilà mon seul bonheur.
Passe, passe, ô ma vieille navette.
Frappons, frappons avec gaieté.
Oui, le travail est une dette
Quand on a des bras, la santé.

La vie est un passage
Semé de noirs soucis.
Et pourtant le voyage
Est court.... à mon avis.
Passe, passe, ô ma vieille navette.
Frappons, frappons avec gaieté.
Oui, le travail est une dette
Quand on a des bras, la santé.

Qu'importe la misère
Qui nous vient obséder,
Quand on peut sur la terre
Se chérir, s'entr'aider.
Passe, passe, ô ma vieille navette.
Frappons, frappons avec gaieté.
Oui, le travail est une dette
Quand on a des bras, la santé.

Ecoute, mon Elvire,
Je me souviens encor
De ton premier sourire,
De tous nos rêves d'or.
Passe, passe, ô ma vieille navette.
Frappons, frappons avec gaieté.
Oui, le travail est une dette
Quand on a des bras, la santé.

Mais hélas! — comme un songe,
S'est enfui mon printemps :
— Ce n'est point un mensonge,
Vois, j'ai des cheveux blancs.—
Passe, passe, ô ma vieille navette.
Frappons, frappons avec gaieté.
Oui, le travail est une dette
Quand on a des bras, la santé.

Novembre 1861.

Aux Ouvriers-Poètes.

Malgré tous nos soucis, ne troublons point notre âme,—
Conservons-lui toujours sa vive et sainte flamme,
    Sa foi, sa liberté :
Pour combattre l'erreur et son intolérance
Avançons, 's'il se peut, l'heure de délivrance
    Qu'attend l'humanité.

Ne livrons point notre être à l'infamante orgie : —
Elle émousse, elle énerve, elle éteint l'énergie
    Que Dieu nous mit au cœur.
Oh! c'est un apostat celui qui, par l'ivresse,
Effusionne ses sens et s'étourdit sans cesse
    En face du malheur.—

Apprenons, il le faut ! — la stupide ignorance
Déflore le progrès dans sa divine essence,
        Entrave nos efforts. —
Qu'importe des savants le rire, le sarcasme,
Si nos cœurs sont imbus d'un saint enthousiasme
        Et libres de remords !

Oh ! je sais comme vous, que la tâche est ardue ! —
Mais on peut, sans pâlir, en juger l'étendue.....
        Et sortir de l'égoût. —
Oui, que chacun apporte au nouvel édifice
Son humble moëllon, car le temps est propice. —
        Alerte ! tous debout ! —

Des bornes repoussons les discours faméliques,
Les projets insensés, les préjugés gothiques
        Et les *saintes* erreurs ! —
Oui, frères, laissons-les dans leur inconséquence
Rire de nos efforts : — le progrès les devance,
        Les temps viennent meilleurs.

1845.

Les Jésuites.

Air connu.

Il faut toujours extorquer des veuves le
plus d'argent qu'il se pourra, en leur fai-
sant entendre notre extrême nécessité.
(*Instructions secrètes*).

Race félonne, indigne et fourbe engeance,
Fille d'enfer, toi que nous exécrons,
Le jour approche où le sol de la France
Repoussera ta haine, tes sermons.
De Loyola, de saint François de Sales,
Des révérends Dom Sanchez, Escobars,
Nous connaissons les ruses infernales....
Arrière donc, astucieux frocards.

Eux parmi nous, c'est une anomalie ! —
Chassons, chassons ces béats fallacieux,
Caméléons qui n'ont pas de patrie :
Finissons-en avec ces factieux.
De Loyola, etc.

Partez, partez, vous que Dieu doit maudire,
Noirs ennemis des autels et des lois.
Toujours, partout votre funeste empire
Sut entraver le progrès et nos droits.
De Loyola, etc.

Fourbes sans foi, suppôts de l'ignorance,
Allez au diable et ne revenez plus :
Le monde en vous n'a plus de confiance,
Je vous le dis : vos beaux jours sont perdus.
De Loyola, etc.

Le Juif-errant déroule aux yeux du monde
Tous les méfaits de ces frères bénins.
Il nous apprend de cette race immonde
Les froids calculs, les monstrueux desseins.
De Loyola, de saint François de Sales,
Des révérends Dom Sanchez, Escobars,
Nous connaissons les ruses infernales.
Arrière donc, astucieux frocards.

1845.

France.

Air de la Marseillaise..

> C'est que l'Autriche a amené les choses
> à cette extrémité, qu'il faut qu'elle do-
> mine jusqu'aux Alpes, ou que l'Italie soit
> libre jusqu'à l'Adriatique.
>
> NAPOLÉON III.

France, à tous les peuples du monde
Fais aimer le droit, le progrès.
Que ton beau dévouement féconde
Les germes d'une douce paix. (*bis*).
Une alliance pure et sainte
Entre tous les peuples divers,
Aux oppresseurs de l'univers
Portera la dernière atteinte.
Ta grande voix, ô France, a retenti trois fois.
Debout! debout! peuples martyrs, revendiquez vos droits.

Réveille-toi, vieille Italie,
Porte tes yeux vers l'avenir ! —
Venise, ô pauvre endolorie,
Pour toi les beaux jours vont venir.
Oui, du destin l'arrêt suprême
Au banquet de la liberté
Te convie, ô peuple opprimé,
Car Dieu protège ceux qu'il aime.
Ta grande voix, etc.

Enfants, les sceptres, les couronnes,
Ces oripeaux du droit divin,
Comme les fruits, tous les automnes
Mûrissent,.... ce n'est pas en vain.
Naples, Milan et la Sicile
Dès longtemps rêvent l'unité. —
France, au nom de l'humanité
Prête-leur un concours utile.
Ta grande voix, etc.

Un peuple fier, de noble race,
Riche d'honneur, de loyauté,
Peut soutenir avec audace
Le droit, la paix, la liberté.
Jurons un pacte indestructible,
Des malheureux brisons les fers. —
La liberté sur l'Univers,
Jette un regard intraduisible.
Ta grande voix, etc.   1859.

Retirez-vous.

Air connu.

Retirez-vous, prince injuste et parjure;
La France est libre et ne veut plus de vous.
Un Président, noble cœur, âme pure,
Nous guidera d'une main ferme et sûre.
      Retirez-vous.

Retirez-vous, ministres égoïstes,
Causes du sang répandu parmi nous.
Allez au diable, ergoteurs méthodistes;
Boursicotiers, députés Pridchardistes,
      Retirez-vous.

Plus de Bourbons pour ma France si belle;
Assez longtemps de ces princes félons
On a subi l'insolente tutelle,
Les froids dédains, l'influence mortelle.
      Plus de Bourbons.

Vive Paris, la cité sans rivales;
Vive son peuple infatigable, uni.
Créons pour lui des fêtes triomphales
Et burinons-en nos riches annales.
      Vive Paris.

Février 1848.

Le Printemps.

Air : *Coupez vos ailes.*

Venez, le premier jour
De la saison d'amour
Eclaire la vallée
Si longtemps attristée.
Venez, joyeux pinçons,
Egayer les buissons
De ces rives muettes. *(bis)*.
Venez aussi, fauvettes, *(bis)*.
Dont j'aime les chansons.
    Venez, fauvettes.

Venez, notre côteau
N'a plus son froid manteau....
Le vent plus doux essuie
Le brouillard et la pluie.
Venez, etc.

Les lilas vont fleurir,
Les prés vont reverdir
Autour de Champagnole :
Doux espoir qui console !
Venez, etc.

Et nous verrons bientôt
Planer sur le hameau
Les frêles hirondelles
Aux chatoyantes ailes.
Venez, etc.

Salut, saison des fleurs,
Des poètes rêveurs,
Des papillons splendides
Et des amours candides....
Venez, joyeux pinçons,
Egayer les buissons
De ces rives muettes. *(bis)*.
Venez aussi, fauvettes, *(bis)*.
Dont j'aime les chansons.
  Venez, fauvettes.

1861.

Louis M.

ACÉ DE HUIT ANS, OFFRANT UNE FLEUR A SA MARRAINE.

Ouf ! j'arrive hors d'haleine,
Et cependant joyeux.
Mais voyez donc, marraine,
Quel butin précieux !
Rêvant à votre fête,
Je m'élance au jardin,
Et me blesse à la tête
A l'églantier voisin....
Loin de me rendre encore,
Je poursuis mon projet :
Des riches dons de Flore,
Je formai ce bouquet,
Et vous l'offre, marraine,
Ainsi que tous mes vœux....
Vous bénissez ma peine ?
Oh ! je suis bien heureux !

1861.

Chant des Montagnards.

DÉDIÉ AUX JEUNES SOLDATS DE CHAMPAGNOLE,
RÉSERVE DE 1834-35, ETC.

UN VIEILLARD.

Aux armes! enfants de la France!
L'Anglais maudit menace nos foyers.
Aux armes! avec confiance
Quittez le soc pour le fer des guerriers.

CHOEUR.

Aux armes! quittons le village.
Marchons, marchons avec fierté.
Un peuple libre, juste et sage
Doit soutenir avec courage
Ses droits, sa foi, sa liberté.

AUTRE VIEILLARD.

Enfants, ayez comme vos pères,
La loyauté, l'amour du nom français,
Les talents, les vertus guerrières,...
Et relevez le défi des Anglais.

CHOEUR.

Aux armes, etc.

UN VÉTÉRAN.

Partez, que le drapeau d'Arcole
Guide vos pas, électrise vos cœurs.
Allez, enfants de Champagnole,
Je vous bénis,.... vous reviendrez vainqueurs.

CHOEUR.

Aux armes, etc.

UN CONSCRIT.

Entendez-vous, le clairon sonne !
Allons, amis, vite en avant, debout !
Partons,... que la gloire couronne
Tous nos efforts.... Oh ! vengeons Waterloo.

CHOEUR.

Aux armes, etc.

UN VIEILLARD.

Que les Anglais, race maudite,
Braves enfants, succombent sous vos coups.
A ce nom seul mon cœur s'agite ;
Mais c'est de rage et de haine pour tous.

CHOEUR.

Aux armes, etc.

UN JEUNE HOMME.

Oh ! viens, que ton ombre chérie,
Napoléon, soit notre guide encor.
Viens, que notre sainte patrie,
Comme autrefois, brave les coups du sort.

CHOEUR.

Aux armes, etc.

UNE JEUNE FILLE.

Je viens au nom de mes compagnes,
Frères, amants, vous dire les adieux !
N'oubliez jamais nos montagnes
Ni le village où vous fûtes heureux.

CHOEUR.

Aux armes, etc.

AUTRE JEUNE FILLE.

Adieu, mes amis et nos frères !
Jusqu'au retour, nous prierons Dieu pour vous.
Ecrivez souvent à vos mères
Et dites-leur quelque chose pour nous.

CHOEUR.

Aux armes, etc.

LES MÈRES.

Partez, et qu'un Dieu tutélaire
Veille sur vous et vous fasse vaillants.
Adieu ! volez à la frontière,
Et défendez la patrie et nos champs.

CHOEUR.

Aux armes, etc.

LES MÊMES.

Bientôt, pour consoler vos mères,
Vous reviendrez, les élus de nos cœurs,
Habiter nos monts solitaires
Et partager nos plaisirs, nos labeurs.

CHOEUR.

Aux armes, quittons le village,
Marchons, marchons avec fierté.
Un peuple libre, juste et sage
Doit soutenir avec courage
Ses droits, sa foi, sa liberté.

1840.

Couplets

CHANTÉS AU REPAS DE NOCE DE MON COUSIN CHARLES O....

Pensez-y bien ! le bonheur du ménage
Naît de l'amour, et l'amour le soutient.
Mais si parfois il s'élève un nuage,
Par un sourire, ah ! dissipez l'orage.
    Pensez-y bien ! *(bis)*.

Aimez-vous bien ! car l'amitié sincère
Des jours heureux est le plus sûr gardien.
Enfants, la vie est lourde sur la terre ;
Pour l'alléger, rendez-la moins amère,
    Aimez-vous bien ! *(bis)*.

Ecoutez-bien ! je le dis sans mystère :
Quand au logis l'époux se trouve bien,
Puis que l'épouse est bonne ménagère,
Sous l'humble toit, tout marche, tout prospère.
    Ecoutez bien ! *(bis)*.

Trinquons, buvons à la jeune épousée,
Au jeune époux que tous nous chérissons.
Qu'un long hymen pour eux soit l'Elysée ;
Voilà mes vœux et toute ma pensée.
    Trinquons, buvons. *(bis)*.

Enigme (*).

Amis, depuis longtemps en mon tombeau de pierre
Ignoré, je repose, espérant la lumière....
Provoquée, en passant, par le brutal acier
Je parais et m'élance, on me voit flamboyer.
      En naissant, je suis frêle :
Un souffle, un filet d'eau peut m'atteindre en passant,
Me plonger pour jamais dans la nuit éternelle !
Mais si rien ne m'arrête et qu'un frère puissant
S'unisse à moi, je monte — et ma flamme féconde
Grandit, grandit toujours et domine le monde ! —

(*) Le mot de l'énigme à la fin du volume.

En Crimée.

AIR : *Aimons-nous* (de Pierre DUPONT).

Inkermann, les bords de l'Alma,
Ont vu nos rapides zouaves
Culbuter ces géants esclaves ;
  Hourra ! hourra !
Gloire à nos cohortes de braves.
Dis-nous, orgueilleux Nicolas,
Sont-ils beaux, un jour de bataille,
Nos jeunes et bouillants soldats ?
Savent-ils braver la mitraille ?
Ah ! dis, les a-t-on vus jamais
Baisser les yeux dans la bagarre ?
Va, pour dompter l'Anglo-Français,
Ton Menschikoff est trop ignare.

Inkermann, etc.
Sous les murs de Sébastopol,
Canrobert dirige le siège.

L'œil fixé vers Symphéropol,
Lord Raglan surveille et protège.
Calmes et froids, nos *francs tireurs*
Font feu, s'il se montre une tête.
Nos fantassins et nos sapeurs,
Du travail se font une fête.

Inkermann, etc.
Nos intrépides matelots
Sous les voiles ou sur la terre
Les secondent dans leurs travaux,
Mêlés aux fils de l'Angleterre.
A tes valeureux généraux,
Grand *politique* sans vergogne,
Ils vont, sans trève ni repos,
Tailler une rude besogne.

Inkermann, etc.
Puissant maître de la Néwa,
Les enfants de la vieille Europe
Viennent, guidés par Jéovah,
Venger l'attentat de Sinope....
De la civilisation
Tu voudrais éteindre le germe?
A ton absurde ambition
Ils sauront aussi mettre un terme.

1855.

A M. Bertherand,

SECRÉTAIRE PERPÉTUEL DE LA SOCIÉTÉ D'AGRICULTURE, SCIENCES ET ARTS
DE POLIGNY.

Rends à la vérité son culte légitime,
Sois-en, s'il le fallait, le prêtre et la victime.
Sylvain MARÉCHAL.

Il est nuit encore ;
La flamme dévore
Une riche et vaste maison.
Le calme profond
Qui règne
Sous ce toit d'où s'élance une triste lueur,
Enseigne
Que le sommeil étreint de toute sa lourdeur
Ses habitants,.. les valets et le maître.
Un voyageur passant par là
Voit le danger, — il frappe, — il crie : — holà ! —
Le feu ! le feu ! — debout. — Mais ouvrant sa fenêtre :

Que veux-tu, misérable?... et pourquoi tout ce bruit?
Va-t'en,.... je veux dormir.... le reste.... de la nuit.
Et, fermant la fenêtre, il regagne son lit.
Puis, quand il est trop tard, quand la maison s'écroule,
S'adressant à la foule
Il dit :
Arrêtez, arrêtez cette infâme canaille!
C'est lui l'incendiaire..... Il faut, vaille que vaille,
Et sans désemparer
L'incarcérer.

Ne voit-on pas souvent celui qu'on veut instruire
Et sauver du danger
Vous reprocher
Sa perte, son malheur.... Gardez-vous de lui dire,
S'il ne le voit pas,
Qu'un précipice est sous ses pas;
Il vous accuserait sans honte, sans vergogne,
De l'avoir creusé.

Oh! c'est une ingrate besogne
Que celle de prêcher, ami, la vérité.

Champagnole, 24 mai 1862.

La Musique.

COUPLETS POUR LA FÊTE DE SAINTE - CÉCILE,

DÉDIÉS

A la Société musicale de Champagnole.

> Deux vierges, poésie et musique, deux sœurs.
> Victor Hugo.

Air : *Il est en mer* (de G. Mathieu).

REFRAIN.

Amis, chantons de ce beau jour
Le retour ;
C'est la fête bénie
De notre patronne chérie.
Joyeux refrains, charmants accords
Retentissez longtemps et brillez sans efforts.

C'est beau, la musique, les vers.
Chants guerriers, douce mélodie,

Sont aimés par tout l'univers :
Les beaux-arts n'ont pas de patrie.
Quand j'entends les vieilles chansons
Que me disait ma bonne mère,
Je me rappelle ses leçons,
Et toujours ce rayon m'éclaire.
Amis, etc.

Quels sons s'élèvent dans les airs
Et bouleversent tout mon être?
D'où partent ces accents divers
Que l'on entend de ma fenêtre?....
O venez, venez jusqu'à moi,
Echos suaves du génie;
Venez dans mon cœur en émoi
Semer vos perles d'harmonie.
Amis, etc.

Dans *la Juive* et *Guillaume Tell*,
O musique, ta voix divine
Me fait rêver, rêver le ciel....
Par toi mon âme s'illumine.
O joie, ô bonheur, ô transport!
O merveilleuses mélodies!
Vous finissez,.... j'écoute encor
Vos émouvantes symphonies.
Amis, etc.

Ici, tout comble mon désir ;
J'aime ce repas sympathique....
Aussi, je bois avec plaisir
A tous nos frères en musique....
Debout ! portons une santé
Au chef, aux membres honoraires ;
Et puis à notre maire aimé,
Ensemble, buvons à pleins verres.

Novembre 1861.

Pour mettre au bas du portrait
de Claude-Etienne Olivier.

Peu fortuné, mais généreux,
Il sut consoler l'indigence.
Sur les besoins des malheureux
Toujours il réglait sa dépense.
Le fidèle, dans son pasteur,
Avait un ami bien sincère;
Un opprimé, son défenseur,
Et chaque orphelin, un bon père.

Ma Lampe.

Veille longtemps, ô ma lampe fidéle :
Je veux lire ce soir notre grand Béranger.
　　Combien il me rappelle
De jours de gloire, et.... de honte à venger.
Des hommes quelquefois sa lyre enchanteresse
Célèbre les vieux ans, les amours, la jeunesse ;
Ou, prophète nouveau nous prédit à la fois
Le bonheur pour la France ou la chute des rois.

Dans ses nombreux refrains, dans ses chansons à boire,
Il sait nous faire aimer le beau, le vrai, la gloire.
Depuis l'ode à la paix jusqu'à tes mirmidons,
O poète divin, tout plait dans tes chansons.
J'aime *le Vagabond*, *le nouveau Diogène*,
Le Dieu des bonnes gens, *le Vilain*, *la Syrène*,
Les Gueux.... Je n'y vois plus : ma lampe qui s'éteint,
En arrêtant ma vue, arrête aussi ma main....

1840.

Las ! vous tombez.

Las ! vous tombez, feuilles légères,
Vertes parures de nos champs,
Vous qui protégiez les bergères
Contre le soleil et les vents.
        Las ! vous tombez.

L'homme, après quelques jours de vie,
Ainsi que vous, tombe et s'en va !
Prince, banquier, femme jolie,
Tout subit ta loi, Jéovah !
        Las ! vous tombez.

Pauvres oiseaux, sans la feuillée,
L'hiver, qu'allez-vous devenir ?
Vite, quittez notre vallée,
Partez, l'automne va finir.
        Pauvres oiseaux.

Charmants oiseaux, sur cette rive
Vous reviendrez avec les fleurs,
Au bruit de l'onde fugitive,
Mêler vos accents enchanteurs.
        Charmants oiseaux.

1840.

Le Vin et l'Amour.

COMPOSÉ ET CHANTÉ DANS UNE RÉUNION D'AMIS, LE JOUR DE SAINT C....

Air du Sénateur (de Béranger).

La belle et pure harmonie
Chez nous règnera toujours.
Elle fait aimer la vie,
En égaie aussi le cours.
Amis, laissez-moi chanter
Ce que nous savons aimer.....
  Ah! je veux,
  Oui, je veux
Vous chanter, leste et joyeux,
Le jeune amour et le vin vieux. *(bis)*.

Oui, cette liqueur vermeille,
Le vin sèche bien des pleurs....

O poussièreuse bouteille,
Ton aspect plait à nos cœurs.
De Bacchus suivons les lois,
Car c'est le premier des rois.
   Ah! je veux,
    Oui, je veux
Chanter en ce jour heureux,
Ce vieux St-Lothain généreux. *(bis)*.

Eh! savourons l'existence!....
Chers amis, trinquons, buvons.
Le vin nourrit l'espérance ;
Aussi, nous le bénissons.
A qui n'aime pas le vin,
Je prédis un noir destin....
   Ah! je veux,
    Oui, je veux
Chanter en ce jour heureux,
Ce Pupillin rose et fumeux. *(bis)*.

Celui qui passe sa vie
Sans aimer en bon chrétien,
Bon vin et femme jolie,
Est un fou,... croyez-le bien.
Nul ne manque au rendez-vous!
Non, nous ne sommes pas fous....
   Ah! je veux, etc.

L'amour, cette douce flamme,
De l'homme élève le cœur.
Le vin, ce puissant dictame,
Du mal souvent est vainqueur....
Malheur à qui n'aime pas,
Malheur à qui ne boit pas.
Ah! je veux,
Oui, je veux
Vous chanter, leste et joyeux,
Le jeune amour et le vin vieux. *(bis)*.

Champagnole, 4 mars 1862.

Le Retour.

—

A M. B. P.

I.

J'étais bien jeune encor, je vivais plein d'espoir
Quand il fallut quitter ma vieille mère un soir.
          Par un ordre implacable....
Vous m'avez exilé! Que vous ai-je donc fait?....
Oui, j'aime ma patrie, et si c'est un forfait,
          Je suis un grand coupable.

Combien déjà sont morts depuis l'instant fatal,
Où, pour un long exil, j'ai dû quitter le val
          Paisible et solitaire....
Et notre vieille église où j'allais, jeune enfant,
Porter, chaque dimanche, au Dieu juste, clément,
          Ma candide prière.

II.

Mon pays, fier Jura,... je vais donc te revoir !
Te parcourir encor !... L'affreuse nostalgie
S'éloigne de mon cœur ,.... un salutaire espoir
    Remplit mon âme d'énergie.

III.

Comme le frêle oiseau qui part quand vient l'hiver,
Et va chercher un ciel moins âpre, moins désert,
    Je veux fuir cette plage
Où j'ai longtemps souffert un mal immérité,
Pour retrouver enfin le repos, la santé,
    Mes amis, mon village.

IV.

Me voici de retour. C'est bien là le vallon ;
Là-bas, la blanche église, et tout près, ma maison....
    Oh ! c'est bien Champagnole !
Je reconnais la place où le maître, souvent,
Quand le ciel était beau, nous menait gravement
    Après l'heure d'école.

L'écho redit toujours la rustique chanson
Du laboureur qui va traçant droit le sillon,
    Dans les champs de Bourgille.
Tout est comme autrefois, moi seul ai pu changer.
On vieillit vite, ami, sur le sol étranger,
    Et loin de sa famille.

Oui, c'est bien mon pays avec sa douce paix,
Ses sapins toujours verts que je lui connaissais,
        Sa plus grande richesse.
Mon pays! mon pays! je reconnais ton ciel!....
Je touche enfin le seuil du foyer paternel....
        O joie! ô sainte ivresse!

V.

Là-bas, si j'éprouvais un éclair de plaisir,
Un instant de repos,.... le brûlant souvenir
        De ma chère patrie
Me revenait bientôt, rendait triste mon cœur.
Et je sentais grandir le mal envahisseur
        Qui pesait sur ma vie.

Quelquefois j'admirais les étoiles du soir,
Le coucher du soleil.... ou cet ordre admirable
Qui régit l'univers et sait à tout pourvoir
        Avec un soin infatigable.

Bien souvent le matin quand tintait l'Angelus,
Quand les chanteurs des bois, quand la naissante aurore
Promettaient un beau jour à ces déserts ardus,
Se ravivait en moi l'ennui, mal qui dévore!

Ces choses qui toujours procurent du repos,
Du plaisir, du bonheur au sein de la patrie,
Indignent le proscrit partout, à tout propos,...
        Engendrent la mélancolie.

VI.

J'étais bien jeune encor, je vivais plein d'espoir,
Quand il fallut quitter ma vieille mère un soir.
Sur un ordre implacable....
Vous m'avez exilé ! Que vous ai-je donc fait?....
Oui, j'aime ma patrie, et si c'est un forfait,
Je le répète ici, je suis un grand coupable.

Avril 1862.

Une Mère.

1.

Dors bien très-chère,
Et ma prière
Ardente, entière,
Sera pour toi.
Dors, mon Elvire
Au frais sourire.
Ton cœur soupire !
Mon Dieu pourquoi,
Quand tu reposes,
Les lèvres closes,
Comme aujourd'hui :
— Oh ! c'est tout lui.—
Quand tu reposes,
Les lèvres closes,
Comme aujourd'hui, comme aujourd'hui,
Oh ! c'est tout lui.

2.

Oh ! ta parole,
Puissant symbole,
Va, me console
Etrangement.
Blonde et si belle,
Tu me rappelles
L'homme fidèle
Que j'aime tant.
Quand etc.

3.

Bientôt j'espère,
Ton noble père,
Fille bien chère,
Nous reviendra.
Douce espérance,...
A ton enfance
La Providence
Oui, le rendra.
Quand etc.

Il Signor Cafardini.

—

IMPROMPTU.

—

A M. B***.

Un artiste, — on le dit. Pour moi, je n'en crois rien;
Car les artistes sont, au siècle où nous sommes,
Les amis du progrès. Ils sont les gentilshommes
Des sciences, des arts. Ils vénèrent le bien. —

Un artiste, lui ! Non. — C'est un fat sans vergogne,
Un fol ambitieux dont la seule besogne
Se borne à *présider*, à clabauder beaucoup,
Un jésuite en frac qu'on connaît après coup. —

Oh ! quelquefois il dit : « Moi,... je suis prolétaire ;
« De l'*honnête* ouvrier, je suis l'ami, le frère,
« Et je soutiens ses droits, comme c'est mon *devoir*...»
(J'ai moi-même entendu ces mots, au Cercle, un soir).

Flatteur insidieux, rêvant la renommée,
Il fréquente les Grands, lui, ce triste pygmée.
Jaloux de tout, de tous, du bien comme du mal,
Il a pu, bien des fois, par un sot madrigal

Arrêter les bienfaits de quelque âme sensible.
« Courage, beau garçon ; va, nargue le bon sens !
« Flatte les sacs d'écus, flatte les bonnes gens ; »
Mais rappelle-toi bien, pédant incorrigible,

Que plus on *rampe haut*, plus la chute est terrible.

Le Pape.

—

A J. B. M.

Les apôtres qui ne paraissent jamais en public que chargés d'or et de pierreries, vêtus de soie, montés sur une haquenée blanche, entourés de soldats et suivis d'un nombreux cortège (1), ont perdu le sens de la morale du grand crucifié, qui marchait pieds nus à la délivrance du genre humain.

AIR : *Réveillez-vous, belle endormie.*

I.

La religion est tronquée ;
Maintes choses ont leur trafic....
O Christ, en ta maison sacrée,
Oui, j'ai vu le crieur public (2).

(1) Histoire de saint Bernard, par M. de Ratisbonne.
(2) A Champagnole, dans l'enceinte même de l'église, on loue les bancs aux enchères !!!..

II.

Le prince des apôtres, Pierre,
Allait pieds nus, prêchant la loi.
Il ne vendait point la prière,
Les indulgences, croyez-moi.

III.

Mais à son successeur avide,
Il faut un trône, des palais.
Il faut, en sa Rome splendide,
Des courtisans et des sujets.

IV.

Celui qui devrait, sur la terre,
Du bien être le promoteur,
A des soldats.... rêve la guerre,....
C'est insulter au Rédempteur !

V.

Loin de pardonner les offenses,
De prêcher de saintes leçons,
Il torture les consciences
Et peuple ses vastes prisons.

VI.

Cagots qui fuyez la lumière,
Corbleu ! soudoyez ses bandits.
« Payez le denier de saint Pierre ;
« Payez, et vous serez bénis. »

VII.

Le Pape donne un triste exemple,
Choses saintes ont leur trafic.
Reviens, ô Christ, chasse du temple
Ces vendeurs trompant le public.

1862.

Le mot de l'énigme est : *Étincelle.*

TABLE.

	Pages.
A C. G.	I
Paris	1
L'Ile des Peupliers	3
Boutade	4
A mes amis de la classe de 1833	5
Le jeune Malade	7
A l'illustrissime Henri, architecte-voyer de la ville de Champagnole	9
A mes amis F.... A.... T....	12
Couplets pour la fête des Pompiers	14
A M. Reudet, docteur à Lyon	17
Le Jura. — Aux Touristes. — Dédié à M. Adrien Muller	19
Voici la neige	22
Couplets pour la fête du 10 août	24
Sainte-Cécile. — A M. Gilliard	26
Saint-Laurent. — Aux Pompiers de Champagnole	29
L'Orage	31
Le Lot du Poète	33
Je l'aime toujours	35
Paramelle	37
Frappons avec gaieté	40
Aux Ouvriers-Poètes	42
Les Jésuites	44
France	46
Retirez-vous	48
Le Printemps	50
Louis M., âgé de huit ans, offrant une fleur à sa marraine	52
Chant des Montagnards, dédié aux jeunes soldats de Champagnole, réserve de 1834-35, etc.	53
Couplets chantés au repas de noce de mon cousin Charles O....	57
Enigme	59

En Crimée 60
A M. Bertherand, secrétaire perpétuel de la Société
   d'agriculture, sciences et arts de Poligny . . 62
La Musique, couplets pour la fête de Sainte-Cécile,
   dédiés à la Société musicale de Champagnole . 64
Pour mettre au bas du portrait de Claude-Étienne
   Olivier 67
Ma Lampe 68
Las ! vous tombez 69
Le Vin et l'Amour 70
Le Retour. — A M. B. P. 73
Une Mère 77
Il Signor Cafardini. — Impromptu. — A M. B*** 79
Le Pape. — A J. B. M 81

POLIGNY, IMP. DE MARESCHAL.